文景

Horizon

KHALED HOSSEINI

ILLUSTRATED BY DAN WILLIAMS

海的祈祷

SEA PRAYER

[美] 卡勒德·胡赛尼 著

[英] 丹·威廉斯 绘

秦觉飞 译

上海人民出版社

本书献给所有

为逃离战乱和迫害

殒命海上的难民

亲爱的马尔万，

在我童年的漫长夏天里，

那时我跟你现在一样大，

你叔叔们和我

会在你爷爷的农舍屋顶上铺开床垫，

那是在霍姆斯城郊外。

我们在早晨醒来，

有时是因为在微风中沙沙作响的橄榄树，

有时是你奶奶的山羊在咩咩叫，

有时是因为她的炒锅在叮当响。

空气很凉，太阳在东方，

露出一个淡淡的柿子般的轮廓。

你还在学走路时，

我们带你去了那儿。

我还清楚地记得你妈妈在旅途中的样子，

她指给你看一群在野花盛开的草地上吃草的奶牛。

我多希望你当时没那么小，

这样你就不会忘记那间农舍，

石墙上的烟灰，

那条我和你叔叔们小时候无数次在那里堆起堤坝的小溪。

我希望你像我一样记住霍姆斯，马尔万。

在它繁华的老城，有一座我们穆斯林的清真寺，

一座我们基督徒邻居的教堂，还有一座我们所有人的大市场，

我们在那里为金项链和新鲜食材以及新娘礼服讨价还价。

我希望你记得那满是炸羊肉丸子味道的拥挤小巷，

还有那些晚上，

我们和你妈妈一起在钟楼广场附近散步。

但是那样的生活，那个时候，

现在看来都像是梦，

就算对我来说，

都像消失很久的传闻。

先是抗议示威，然后是被围困。

天空布满炸弹。饥饿。接连不断的葬礼。

这些事情你是知道的。

你知道弹坑可以当作游泳的水坑。

你知道了暗红色的血要比鲜血来得好。

你知道母亲们、姐妹们和同学们有可能就被埋在
水泥、砖块和外露的房梁之间的狭窄缝隙里，
阳光照射下的小块皮肤在黑暗中闪闪发光。

你妈妈今晚也在这里，马尔万，和我们一起，
在这寒冷的月光照耀的海滩上，在啼哭的婴儿中间，
在忧虑地说着我们不会讲的语言的女人中间。阿富汗
人、索马里人、伊拉克人，还有厄立特里亚人和叙利
亚人。我们所有人都在焦急地等待日出；所有人又在
害怕日出。我们所有人都在寻找家园。

我听说我们是不速之客。我们是不受欢迎的。我们应
该把灾祸带到别处去。

但我听到了你妈妈的声音，

越过潮水，她在我耳边低语：

"噢，如果他们看见，亲爱的，

哪怕只有你所见的一半，

只要他们能看见，

他们一定会说出善意的话的。"

我看着你的侧脸，

在下弦月的光辉中，

我的孩子，你的睫毛就像书法一样，

在你沉静的睡眠中紧闭着。

我对你说：

"抓住我的手。

不会有坏事发生。"

这些只是这么说说罢了，

爸爸的小把戏。

你是多么信任他，

这几乎要了他的命。

因为我今夜能想到的，

是海有多深，

多宽广，多冷漠。

我是多么无力，没能在它面前保护好你。

我能做的就是祈祷。

祈祷真主让船航行在正确的方向，

当海岸退出视野，我们只是波涛中的一个小点，

一旦绊倒或站不稳，很容易就会被吞没。

因为你，

你是珍贵的船货，马尔万，

有史以来最珍贵的船货。

我祈祷大海能明白这一点。

听凭真主的意愿。

我多么希望大海也能明白这一点。

《海的祈祷》由阿兰·库尔迪的故事启发而来，

2015 年，这名三岁的叙利亚难民

在抵达欧洲安全地带的途中溺亡于地中海。

在阿兰死去的同一年，有 4176 名难民在同样的旅程中死去或失踪。

文
景

社 科 新 知   文 艺 新 潮

Horizon

海的祈祷

[美] 卡勒德·胡赛尼 著
[英] 丹·威廉斯 绘
秦觉飞 译

出 品 人：姚映然
责任编辑：陈欢欢
营销编辑：杨　朗
美术编辑：安克晨

出　　品：北京世纪文景文化传播有限责任公司
　　　　　（北京朝阳区东土城路 8 号林达大厦 A 座 4A 100013）
出版发行：上海人民出版社
印　　刷：鸿博昊天科技有限公司

开 本：787×1092mm　1 / 16
印 张：3.25　　字 数：1,000
2019 年 3 月第 1 版　　2019 年 5 月第 2 次印刷
定 价：56.00 元
ISBN：978–7–208–15645–6 / I · 1799

图书在版编目（CIP）数据

海的祈祷 /（美）卡勒德·胡赛尼
(Khaled Hosseini) 著；（英）丹·威廉斯
(Dan Williams) 绘；秦觉飞译 . —— 上海：上海人民出
版社，2018
　书名原文：Sea Prayer
　ISBN 978–7–208–15645–6

　Ⅰ. ①海… Ⅱ. ①卡… ②丹… ③秦… Ⅲ. ①书信体
小说 – 美国 – 现代 Ⅳ. ① I712.45

中国版本图书馆 CIP 数据核字 (2019) 第 001627 号

卡勒德·胡赛尼先生将《海的祈祷》一书的版税收益捐赠给卡勒德·胡赛尼基金会和联合国难民署的人道主义事业。

联合国难民署致力于为全球难民提供挽救生命的宝贵支持，并帮助难民重建美好未来。